KB201760

수평에 쉬다

조승래(趙勝來)

경남 함안에서 태어나 2010년 『시와시학』으로 등단하여, 계간문예문학상 (2020), 남양주 조지훈 문학상(2021)을 수상했습니다. 시집으로『몽고 조랑말』 『내 생의 워낭소리』『타지 않는 점』『하오의 숲』『칭다오 잔교 위』『어느 봄 바다 활동성 어류에 대한 보고서』『적막이 오는 순서』, 시선집『수렵사회의 귀가』, 공동시집『동행』『길 위의 길』, 수필집『풍경』 등을 펴냈습니다. 한국타이어 상무 이사를 거쳐 단국대학교 겸임교수(경영학박사)를 역임하고, 현재 한국시인협회 · 한국문인협회 · 문학의 집 서울 이사, 계간문예작가회 부회장, 시와시학 문인회 회장, 시향문학회 회장, 가락문학회, 함안문인회 회원으로 활동하고 있습니다. 특히 문단의 눈길을 끌고 있는 뉴스경남 '시통공간詩通空間'과 인져리타임 '좋은 시' 코너에서 한국문단의 다양한 시편들을 리뷰하고 있습니다.
chosr518@hotmail.com

황금알 시인선 312
수평에 쉬다

초판발행일 | 2025년 5월 31일

지은이 | 조승래
펴낸곳 | 도서출판 황금알
펴낸이 | 金永馥
주간 | 김영탁
편집실장 | 조경숙
표지디자인 | 칼라박스
주소 | 03088 서울시 종로구 이화장2길 29-3, 104호(동숭동)
전화 | 02)2275-9171
팩스 | 02)2275-9172
이메일 | tibet21@hanmail.net
홈페이지 | http://goldegg21.com
출판등록 | 2003년 03월 26일(제300-2003-230호)

ⓒ2025 조승래 & Gold Egg Publishing Company Printed in Korea
값은 뒤표지에 있습니다.
ISBN 979-11-6815-110-9-03810

*이 책 내용의 전부 또는 일부를 재사용하려면 반드시 저작권자와 황금알
 양측의 서면 동의를 받아야 합니다.
*잘못된 책은 바꾸어 드립니다.
*저자와 협의하여 인지를 붙이지 않습니다.

수평에 쉬다

조승래 시집

황금알

| 시인의 말 |

아홉 번째 시집을 내면서
시보다 더 많은 말을 했기에
반성한다.

가까이서 함께 하시는
분들 모두가 여전히 소중하고
고맙다는 말은 하고 싶다.

2025년 봄
조승래

차 례

2부 수평과 공평

3부 뼈가 굳다

4부 절필은 없다

5부 텃밭 원고지

1부

불의 맛

나잇값

3백 년 넘은 올리브 나무를 깎아 만든
목검이 진열대 위에 누워있다

스페인에서 살다가 죽었다가
한국에까지 와서 살아있다

말을 걸어도 아무런 대답도 안 하므로
네가 아직 죽지 않았음을 안다

내가 백 살 정도는 되어서
네 흉내를 내며 입을 다물면

내 귀도 열리어
말이 부질없어 침묵했다는

그 소리가 들릴 것이다
나잇값을 치르고 난 뒤쯤에는

초, 분, 시

체코의 프라하 어느 광장에는
시침만 있는 시계와 분침만 있는 시계
그 위에는 시침 분침이 함께 있는 시계탑이 있다

분침만 있어도 사는 사람
시침만 있어도 전혀 불편하지 않은 사람
시침 분침이 함께 있어야 익숙한 사람

탑 아래에 그림자는
움직이는 사람들 그 누구의 발목이라도
꼭 붙잡고 다닌다

두면 가고야 마는
놓칠 수 없는 시간 속에서
그림자를 가만 눕혀 둘 수는 없다

비몽사몽

지각 사유 통사정하여 감독관에게 겨우 받은 시험지
수험번호도 기억 안 나고 시험 답안지에는
글자가 한 자도 쓰이지 않고 마감 시간 종소리 울린다

이 정도의 절망이면, 차라리 꿈이었으면 좋겠다고
발악하며 간절히 빌었더니 정말 꿈이었다
내게는 아직도 실현되는 꿈이 있다

자리 내어주기

한 해 뒤 태어난 아우에게 가장자리를 내어주고
아우와 그 아우의 아우들이 세상 향해 먼저 나가도록
나이테들은 순서를 반드시 지키고 있다

실손으로 먼저 만지며 나아가라고
고구마, 호박, 오이들도 어린 순들이
넝쿨에서 벗어나며 뻗어 나감을 믿고 지켜본다

앞선 자가 꼭 먼저 나서지 않도록
뿌리가 어린 것들에게 새길을 열어 주는 것이다

새길 위에는 건강한 태양이 늘 기다림을
뿌리는 알고 있기 때문이다

재기再起
— 절망은 없다

소금쟁이 놀다 간 자리에서
칼날 스케이트로 산보를 한다

족적 하나 못 남겼지만
아무도 바닥에는 닿지 않았다

물은 조용히
길을 내어주고 있었다

천사

안아달라고
팔 벌리는 아기

모두 안아주겠노라고
두 팔 벌리는 그분

작으나 크나
닮았다

일출과 일몰

해는 죽어도 해로 태어나고
별은 죽어도 별로 태어남을
하루씩만 살아도 알겠네

자고나도 나는 여전히 나
날마다 같은 체험이니
내일 늦게 일어나도 알겠네

지구 위에서 보는 일출과 일몰
어디까지 가면 나를 함께 볼 수 있을까
까마득한 궁금증 알 듯도 하네

가족정원

맨땅에서 자라는 막내 채송화

작은누나 봉선화는 가슴에 분홍 물을 채우고

큰누나 장미 넝쿨 담장을 넘어간다

이웃사촌 여치가 날아와 놀다 가고

무당거미 집 한 채 은빛 그물 펼쳤다

아버지는 느릅나무 그늘 조용히 누워있고

오늘도 등불 켜 든 해바라기 엄마

이곳저곳 비춰 주네

불의 맛

속까지 까맣게 태워 낸 불맛을 뜨겁게 내린 커피
잔 속에서 얼음조각을 만나 벌인 타협,
흑갈색 고집이 차가운 투명과 악수하며 만났지만

점차 커피는 연갈색으로 얼음은 빙하의 꿈을 버리며
시간의 얼굴을 씻고 있었어
아메리카노, 아이스의 불맛은 시원하지

찻잔의 바깥에는
시간이 남긴 것으로 보이는
진땀이 차갑게 송송 슬고 있었어

기회

창틀에서 다시 들리는 비둘기 소리
추위를 이기고 왔다는 말이다
득음한 듯 읊는 깊은 오도송에

말을 해 본 적도 어디 다녀온 적도 없이
밖이 그리운 호접란은 분홍 꽃 내걸었다
겨울 지나고 가장 좋은 기회에

새와 꽃이 주고받는 인사인 줄 알고
알은체 끼어들어 창문을 여니
깃털 몇 뿌리며 비둘기 날아갔다

호접란은 그대로 고요하다
봄날이 길어서 서먹한 이들에게도
기회는 또 있겠다

수평과 공평

지구도 기울어져 있어서 계절이 있고
자동 손목시계는 기울어질 때마다
태엽이 감기고 그게 풀려야 시간이 간다

기울어짐은 수평과의 각도 변화이고
그 어느 편에게도
시간은 서두름이 없다

수평선에게도
지평선에게도
하늘은 똑같이 평행선을 이어주었다

과제 2.0

그 길이 꼭 비바람 거센 날만 젖는 것도
무거워서 땀 나는 것도 아니더라

뽀송뽀송한 눈으로 기쁘고 가벼워서
팔짝 뛸 때도 있다니까,

젊은이들이 나이 이슥하도록
생고생한다고 자신 없다고 가지도 않으려는데

출산율 0.65인 시점에 손자 둘 놓아 2.0에
도달한 아들에게 이르노니

아버지의 길, 니도 한번 맛 좀 봐라
지게를 지기만 하면 받을 수 있는 점수, A

옛다
AA

새로운 꿈

산은 높을수록 숨쉬기 힘들고 물속에서는 코만 담
겨도 호흡할 수가 없네
  일생동안 일상에서 함께 할 일인데 호흡이라는 단
어에 갑자기 숨 가쁘네

  해수면보다 높아도 낮아도 기압이 달라지고 기억력
도 줄어드네
  늘 출렁이지만 유지되는 1기압 기압골의 영향으로
비도 내리고 눈도 내리네

  쇠재두루미는 맨몸으로 히말라야 8천 미터를 넘네
헬리콥터도 못 넘는 거기를
  심해어들은 해저 초고압을 견디네 잠수함 없이도

  없는 그것만 있어도
  있는 이것만 없다면,

인터폰 소리

사촌네 놀러 간 세 살 손자가 아파트 아래층의
소음 항의에 집 밖에서 오래 놀다가 콧물감기 걸렸지

까치발 걸으며 눈치만 보던 아이가 안쓰러워
좋아하는 골프공 굴리기를 마음껏 하라고
단독주택 큰할아버지 집에 데려갔더니
가지고 간 12개들이
공 바구니를 방바닥에 휙 던지고는 해맑게 웃는다

벨소리에 뜨끔해지던 긴장
다 풀린 웃음,
공도 따라 떼구르르 절로 즐겁다

진행형

사방천지 이어진 철로 위
종착역에 가 보면 역은 또 있고

고향역 저만치 두고도
역마살 무거워 갈 수가 없네

내 배역配役은 아직도 진행형
어느 간이역도 세울 수 없네

다산의 습성

넝쿨손 마음대로 뻗을 수 있는
수박 호박 오이도

제 몸 갈라서 싹을 나눈 감자 고구마도
다산의 습성 대를 잇는데

마늘은 귀하게 키운다고 한쪽씩
싸서 키웠으니 기껏해야 6쪽 자손이지요

옥수수 좀 보라니까요
몇 겹의 이불 속에 쌓여 자랐지만

형제들 서로 살붙이며 자랐으니
씨알 홀로 흩어져도 금방 대가족 이루며 살지요

2부

수평과 공평

잘, 가셨을까

중풍을 앓은 뒤에도 혼자의 삶을 이어가느라
먼지 날리는 도로변에 갈치 상자만 한 좌대를 차리고
사탕과 껌을 팔던 그분을 떨떨이 할매라고 불렀다

어느 날 고독사로 발견되어 한 칸 오두막집에서
입관하는 모습을 보던 혀를 차는 동네 노인네들 틈
에서
아버지가 좁은 관에 고목 같은 그분을 밀어 넣으시며

이제는 떨지 않아도 될 것이라 하셨는데
훌쩍 아버지 돌아가시자 목관에 모시고 왕생극락
빌었는데
아버지는 떨지 않고 가셨을까, 그냥 가지런히 누워
계실까,

꼭 끼는 잔디 지붕집을 햇살이 밟고 간다

대보름

동리 안 집집마다
복조리 던져 놓고

날 새면 한 줌 곡식 공손히 받던
절룸걸음 오두막집 아재

돌아보니 반백 년 전
하마 그의 어두움 거두어졌을까,

환한 허공
그
어디쯤에서

오래된 버릇

또 하늘을 오래 보았습니다
파란 허공 아래 구름이 떠다니고
마른 잎이 날다가 착륙하며
그 틈새로 잠자리들이 피해 다닙니다

만 개의 카메라로도 다 찍을 수 없는
넓이와 높이의 하늘에
가득 찬 얼굴이 있습니다
저세상으로 가신 어머니의 얼굴입니다

젖은 눈으로 보아야 잘 보이지만
초점이 잘 안 잡혀서
손수건으로 눈 비비기를 수십 년,
참 오래된 하늘보기 습관입니다

수목장

십여 년을 함께 살아온 나무가 화분 속에서 말라가기에
반년 더 물을 주며 기다렸으나 새잎을 내지 않아

사인규명을 위해 밑둥치를 뽑아 보았더니 잔뿌리가 하나도 없고
대퇴부 같은 검은 뼈 덩어리 하나 남아 있었네

연명치료 거부하고 링거 줄 스스로 다 제거한 고요한 임종을
곁에서 알아채지도 못하고 물만 열심히 준 타성주의가 부끄러워

그가 사랑한 흙과 벗어둔 몸을 뒷산 나무 아래 누이고
노잣돈인 양 두 손 가득 나뭇잎을 덮어주었네

집 안에서 집 밖, 겨우 한 경계가 그리 아련해서
한참 서성이다가 집으로 돌아왔네

뼈를 뽑다

살 속에 은둔하여 몸을 유지하는 것이
뼈의 본연이라 칭했는데

치아는 살을 뚫고 나와 있는 뼈인 것이야
입술의 허락 없이는 홀로 드러내놓고 웃거나 화낼
수도 없어

아기의 젖니가 쌀알처럼 솟아오를 때
이제 사람 구실하게 되었다고 모두들 웃었어

병들고 수명이 다한 이는 잇몸을 떠나
입술과 영원한 이별을 하는 거야

힘주며 견디었던 세월, 그게 있어서 가능했는데
다시 악다물고 견디어 볼까나,

어금니 없이도 아기처럼 오물거리며 웃을 수 있도록
입술아, 너는 다물면 안 되는 거란다

그놈을 잡아서

얼음 녹아 북극곰은 쓰레기통을 또 뒤지고
비닐 가루 위 속 가득해 굶주려 쓰러지는 생물들
그늘 없는 나무 아래 느려지는 걸음들이 즐비하다

짙은 구름 속 해는 겨우 저물고
깨어나지 못하는 별들 늘어나는
숨쉬기도 힘든 이 공간 저 공간을

무엇이 이렇게 만들었나
간당간당 벼랑에 서 있는데
온전함을 바라는 건 백치의 꿈

이 별을 다시 나의 별이라 하려면
별수 없이 과잉過剩이란 놈 하나만
내가 반백 년만 네가 반백 년만 가두어 보자

옛사람들의 경험에 따라 하는데
그놈이라고 꿇지 않겠느냐

허공의 연기

5촉 전구에 어둠이 곰처럼 웅크리고 있는 작은 방
열 살 꼬마가 칠십 할매
장죽 담뱃대 이끌어 불붙여 드리려 했네

"아이고 얄궂어라
심지가 있어도 연기도 없는 불이라서
이리 담뱃불은 안 붙나,"

애가 타는 할매 곁에서 퍽!
성냥불로 댕겨드리면
담배 연기는 방안을 둘러보고 빠져나갔네

할매도 따라가신 허공으로 기억이 맴을 도네
"언제 오셔요?" 물어도 무응답
불이 이리 밝아도 발자국 소리 하나 안 들리네

동그라미 연기 홀연 사라지네

기억도 머무르지 않네
또 허공이네

기어코

서리 내린 가을날 멈춘
고속도로 방음벽의 추상화에

봄볕 받으며 연두색 채색을
다시 시작한 담쟁이와 능소화 덩굴

실손 살살 더듬어
올해도 다듬어 가는 족적을

그 고개 너머
누구에게 보여주려는지

간격에 대한 집착

앞서기 위해 달려온 내 삶의 습성
일정한 거리를 유지하고
앞만 보고 달려왔지만
어느덧 앞선 사람들 하나둘
그 대열에서 이탈해 나가네

가장 큰 슈퍼 문이 뜬다는 날
달은 어제처럼 둥글지만
14년 만에야 겨우 볼 수 있다는 그달을
먼저 보려고 기다리면서
공원을 몇 바퀴나 돌았네

공원의 큰 느티나무 꼭대기에 올라가
다른 사람보다 내가 제일 먼저 보았네
내 마음속을 들여다본 듯
달이 야릇하게 웃었네
일정한 간격을 유지하고
높은 곳을 미리 차지한 것처럼

풀밭 위의 기도

알프스 산자락 초록 풀밭에서
양들이 고개를 숙이고 있다

먹을 것을 찾는 양들을 위해
노래하는 목동과 마구간을 위해
평화로운 땅과 안식을 위해
가만히 안기는 하늘을 위해

흰 구름처럼 떼로 몰려다니는
양들의 기도

내가 저런 모습을 하고
그것이 행복이 되도록
작은 것에도 감사하도록

밥 생각

아무것도 모르는
요양병원 치매 할머니가
보따리 하나를 들고
밥하러 가겠다고 한다

집으로 가는 길을 잃어버렸지만
자식들에게 오로지 밥 먹일 생각만은
아직도 흐릿하게 기억하고 있다

밥은 다시 살아나게 하는 힘
보잘것없는 보리밥에 푸성귀여도
웃음 속에 감춰진 눈물처럼
가족들을 키운다

눈시울 떨림증

아버지 자전거에 실려 병원 가던 날
엄하신 아버지 어려워 덜컹 시골길인데도
뒤에서 허리 감싸 안지도 등에 볼 갖다 대지도 못했
네요

팔로 만든 허리띠를 한번 감고 싶으셨고
아들 볼 한번 등에 대어주고 싶었을 아버지
지금도 아무 말씀 없으시네요

광에서 사그라져 가는 녹슨 자전거 보며
양 손가락 깍지 끼어 허리띠 만들어 보지만
허공이 이내 절여져 오네요

그 지척 거리
입술만 살짝 움직여도 될 일 못 하고서
이제는 눈시울로 떨고 있네요

오래 걸리는 계산

고성능 컴퓨터보다 더 빠르게
두뇌가 정답을 계산해 내다가도

긴 세월 걸려서 풀어내는 주제: 원한과 오해

한순간 봄눈처럼 녹기도 하고
거대한 빙하처럼 한세월 걸리기도 하는
그 문제의 연산을 돕는 용서와 이해,
거기에 사랑을 투입하면 바로 정답이 나온다

반성하고 감사를 하면
주관식 문제에도 오류는 없다

한계

사라지는 종種을 학자들이 복원하네

그리움도 잠시 유보할 수 있는 과학의 쾌거라네

하지만 집착의 끈은 내리 후손에게만 적용될 뿐

어느 누가 부활시킬 수 있나 어머니를,

소리에 젖다

솔가지 타는 소리 다닥다닥
장지 틈으로 갈치 굽는 냄새가 스미면
아버지도 계신 장날 다음 날이었다

새벽잠 깨우며 밥 먹어라 부르시던 소리,
장날 아닌 날에도 소리는 냄새를 데리고 온다

냄새만으로도 이승의 마지막 그 나이보다
다섯 살 적은 어린 내가 금방 눈시울이 젖고
눈 감고도 찾을 수 있는, 아! 어머니

흰죽, 미음 생각
— 매미 3

혁신적 변화를 실천한 뒤
이슬 마른 나무를 흔드는 소리를 듣노라니

미음미음미음, ㅁ ㅁ ㅁ ㅁ, 지금 울음소리,
지난날 울음은 맴맴맴맴, 매에엠

의태어擬態語로 읽었던 오류,
의성어擬聲語로 눈과 귀를 수정한다

지금 제대로 들은 것이다
흰죽이라도 먹고 싶다는 그 큰 울음소리

실컷 울다가 땅바닥 드러누워
비보이도 아닌 것이 팽이돌리기 하고 있는데

방전된 휴대용 전축의 LP가 바늘 물고 늘어지듯
다 이룬 듯해도, 남은 허기가 있는 것이다

3부

뼈가 굳다

인칭의 거주지

태초에 땅 하나
하늘 하나가 마주 보고 살았지요

땅은 하늘이 없다면 너무 공허하고 하늘은 땅이 없
으면
끝없이 무너질 것임을 알았지요

둘 같은 하나라서 꼼짝할 수가 없었는데
이 틈새에 생명들이 스며들었어요

올챙이 채송화 메타세쿼이아 새 곰 사람
또 꼬물꼬물할 줄 아는 다른 새 생명들이었어요

틈새에 수없이 들락날락했지요
더러는 땅속으로 가고 일부는 하늘로 갔어요

교대로 틈새로 사라져도 이어서 나타나고

비로소 3인칭이라는 용어가 익숙해진 세상이 되었
어요

너, 나, 다음에 또 하나의 나 바로 우리이지요,

우리는 한 우리에서 살아요

치료와 치유

나는 줄곧 그의 옆모습만 바라보며 얘기했고
그는 내게 눈길 한번 안 주고 모니터 수치만 보며
많이 좋아졌으니 이제 약 하나를 빼자고 처방했다

당뇨 정기 검진만 목적이고
거기에 집중하고 있는 의사에게 넉 달 뒤에
또 갈 것인데 굳이 인사를 왜 했을까 생각했다

수치의 인과 책임은 내게 있는데도 이미 모니터링한
그를 정면에서 보지 못했다고 섭섭해하고 있으니
주기적으로 병원에 가야 할 이유가 또 하나 늘었다

뼈가 굳다

300개로 구성된 아기의 뼈는
나이가 들면서 200개로 줄어든다

통뼈를 자랑하면서 허공에
주먹을 휘두르던 아기도 아닌 그가

유년 시절을 회상한다
그때는 털어버리면 되었던 희로애락

지금은 무거워 자빠지려 한다
굳어도 너무 굳었다

푸른 눈

숨을 쉬든 안 쉬든 뜨고 있든 감고 있든
물상들은 저마다 가진 눈을 서로 보려고
거리를 재면서 다가갔다 물러났다 합니다

가장 푸른 눈을 가진 지구별만큼 아름다운
다른 별을 찾으려고 은하수 안을 샅샅이 뒤지느라
태양은 눈이 붉어졌습니다

물이라도 많아야 만나면 반가워 손잡고 눈물을
흘릴 텐데 메마른 별에서는 이게 어려운 것임을
지구별에서는 잘 알고 있습니다

티끌 같은 이물질에도 눈은 아픈데
이를 막아내고 씻어 낼 수만 있으면
늘 눈을 깜박이며 지내렵니다

깜박깜박

반짝반짝
반딧불이처럼 푸른 불 켜렵니다

허물의 꿈

작년에 본 허물
올해도 보았네

뱀 허물이나 그거나
했던 생각 바꾸게 되네

벗어두고 후울
차원을 달리하는 변신

매미야, 네가 비상하니
나도 변화하는 꿈을 갖게 되네

부러움이 고갈된
딱 그 정도쯤만으로

석고데생

얼굴을 음각으로 본을 뜨고
거기에 석고를 채워 양각으로 완성한다

음지가 양지 되어 본래의 모습 되찾은 어느 영혼
남은 것은 숨결과 꿈결의 조화

거울 속의 나와 대화하는 나는 지금
가득 차 있어 행복한 시간이다

매일 보는 흉상을 보고
시작도 끝도 소중한 말, 사랑한다

수작 酬酌

나무 그림자가 먼저 다가오네
알몸 시려 그러는 줄 알았는데
흔들거리며 술잔 건네는 시늉을 하네

한 발자국도 못 걷는 네가
귀갓길 비틀거리는 내게
그 무슨 위안의 수작인가

술잔 없이도 나누자는 술 한 잔,
취기에 가슴이 뜨거워지는데 달이 간다고
그림자 길게 눕혀 손을 내미네

나무는 평생 누워보지도 못했지만 그림자로
대리만족한다 하니 나는 이 얼마나 행복하냐
몸과 그림자 내 마음껏 데리고 노네

하루 같은 한 해가 저무는 섣달에

하루만 지나면 정월이 올 것이니
하루씩 이어진 또 하루가 그냥 좋기만 하네

짝지가 없다

초등학교 입학한 아이에게
짝지랑 잘 지내느냐 물어보니
그게 뭐냐고 한다

짝지는 학교에서 옆자리에
앉은 친구라는 설명에
친구는 알겠는데 짝지는 없단다

학생 수가 너무 적은 교실에서
붙여놓은 책상이 없으니
실종된 그 말

출생률 0.8이 지속되면
형제가 무슨 말인지도 모르겠지
부모가 짝지라는 것은 알란가 몰라

귀향

싱겁다는 소리를 들은 담수가 바다로 가서
짠맛에 몸서리치며 길길이 뛰었다

싱겁게 사는 편이 더 낫다는 것 깨닫고는
한 점 소금도 다 돌려주고

고향 가는 지름길
무지개다리에 올랐다

구름 마차 환승장에서
'종착지 재확인'이라는 소리가 들렸다

나의 시 농장

시 한 줄 뿌려 놓고 두 손 모았어요
또 한 줄 심어 놓고 씨익 웃었어요
한 줄 둘러보고 놓고 울먹이었고
또 한 줄 둘러보곤 눈물 훔쳐 닦았어요

시 한 줄 더 뿌려 놓고 다시 둘러보았어요
시 한 편 둘러보곤 웃음 참았어요
시 한 편으로도 삶은 이어지고
나의 시 농장에는 믿음이 가득하지요

묵주도 염주도 없이
마음 다스리며 다가갈 수 있는 거기
목마름 적시기 위해 침 삼키며
나의 시는 오늘도 기도해요

전정 가위 하나 들고
가지치기 많이 하여 뼈만 남아 모를까 봐

무성한 잎 정리 못 해 뼈대도 안 보일까 봐
전전긍긍하면서도 이 농사 천직으로 삼아요

시급한 생계비

자정부터 새벽 4시까지만 근무하고도
무섭게 한 공로로 하루치 일당 받아 간 귀신

야밤 격일제 정도만 일하고 생계비
알아서 챙겨간 드라큘라

피와 땀 다 주고도 겨우 풀칠할 만큼 받은
그 일당보다 발걸음이 더 무거운 일용공日傭工

그래도 다 먹고 살아가는 세상이라고 했다가
헛소리라 돌팔매 맞고 출연료 받은 사람

이런 부류 중 하나에도 속할지 모르지만
그저 한 푼만 줍쇼! 살아야겠습니다

등 뒤의 시선

뿔 달린 우람한 소가 쟁기 끌어 지은
벼농사의 결실은 속이 하얀 쌀이었다

예전에는 참 귀한 쌀밥이었는데 탄수화물 섭취 줄
이려고
구석에 묵힌 쌀자루에서 바늘귀만 한 벌레들이 나
왔다

확대해 보니 장수하늘소를 닮은
소만큼 당당한 모습으로 분주한 그들*도

쌀자루 속에서 사회를 이루어 살고 있는 것
고만고만해도 어버이, 자식이 있는 대가족일 터

쌀을 가까이 두고 저렇게 살아가는 생명들의 생사에
영향을 미치는 줄 안다고 생각하는 내 등 뒤의
나를 바라보는 보이지 않는 시선을 생각한다

* 머리대장 종류

나무 악보

가을이면 큰 은행나무는
노란 잎과 열매를 약속하네
감나무에 매달린 감은
벌써 붉은 음표를 달았네

새들은 나뭇가지에 옮겨 앉았다가
다시 전깃줄에 악보를 그려놓네
운율이 조화롭지 않는지
자꾸 자리를 바꾸네

저 오케스트라를 누가 지휘하는가
세레나데를 부르던 노을은
공연이 끝나 커튼을 내리고
무대 뒤에서 음표를 짚네

계절마다 스쳐 지나가는 시간의 노래
앙상한 나무의 얼굴이 음표를 지우네

쉼표 도돌이표로 돌아가다가
마침내 마침표를 찍네

설화舌禍 축제

봄날 나랏일 잘할 사람 뽑는 날 앞두고
지금 인기 발언하는 사람도 과거 막말 발언한 사람도
다 불려 나와서

대관령 눈꽃[雪花] 축제가 아니라
설화舌禍 로 추풍낙엽처럼
비명 지르고 객사하니 참 많기도 하네

이를 축제라 할 수도 없고
제 혀로 나온 독설毒舌로 화를 입는데
알 만한 사람이 왜 그러냐 말할 수도 없네

독을 만드는
그 속마음 때문일 거라
추정은 하지만

검은 줄만 알았던 먹구름이

하얀 눈꽃 내려주는 걸 좀 봐

이럴 때 축제가 눈꽃 축제라고

비과세 딱지

만약 상속세가 100%라면 줘도 세금으로 다 없어지니
차라리 자식 손자들에게 펑펑 다 쓰며
생전 인심 많이 얻을 것이라는 사람들도 있지만

하루 벌어 하루 사는 여분의 땡전 한 푼 없는
달동네 사람들은 그런 세금 걱정해 본 적 없으니
홀가분하기만 할 테지

오늘 번 내 몫 한 술 덜어 주며
배 둥둥 치는 그들과 서로
실룩 웃음 터뜨리는 날은 밤 가는 줄도 모르지

어허라, 잔별 밀어낸 보름달 보아라
고래등집 새우등집 박덩이 호박덩이
어두운 데만 찾아가 은빛 비과세 딱지 붙이는 거,

씨감자의 눈

싹눈 따라 쪼갠 감자 하나씩 심으면

병아리 두 번 부화한 뒤 파아란 새잎 내민다

봄볕 아래 하얀 그 꽃 아래 알맹이 꿈이 익는다

땅도 보고 하늘도 보고 눈이 있어서 볼 것이 있다

나도 이 좋은 계절에 새순을 내어보고 싶다

이순에도 생의 싹은 눈이 튼다

4부

절필은 없다

유비무환

　국군의 날 행사 수십 대 비행 편대에 창공은 굉음으로 요란한데
　비둘기 가족들 낮은 비상으로 몰려다니면서 친척들 안부 열심히 묻더니 제자리로 돌아가 부리로 날개를 차분히 가다듬고 있다

동명이인

소중히 받았던 오랜 명함 하나씩 버려도 아쉬움이
나 죄책감은 한결 줄어들더라만 휴대전화 이름 지워
가다 보면 바랜 기억 속 누군지 구분 못 하는 동명이
인들이 있네 사정상 내게 먼저 연락 못 한 이유뿐 잊
혀지고 싶지 않다고 생각할 수 있는 그를 잘 못 지워
서 이생에 다시 못 볼까 두근거리다가 아, 그토록 긴
세월 연락 없는 그도 그의 휴대폰에서 나를 지운 것
아닌가 추정하다가 고의든 실수든 핑계든 나는 이미
그 누구의 기억 체계에서 이방인으로 분류가 되어 서
로 기억하지 않아도 되는 홀가분함 속으로 잘 스며들
어 살고 있는 훌륭한 타인이지, 내 이름으로 살아가는
또 다른 내가 있음이 얼마나 다행한 일인가

〇〇님 혜존

쌓여만 가는 책장에서
본 책, 읽다가 접어둔 책, 안 본 책 등을
이삿짐 정리하듯 버릴 것 가리다가

세상 떠난 친구의 학위 논문도
고인의 서재에서 찾아온 내 것도
고민하다가 그냥 버리기로 한다

준 사람도 없고 다시 읽을 사람도 없는
많은 책들이 그저 폐지로 되어가고
좋은 글만 디지털화되어 보존되는 줄 알면서도

첫 페이지에 "〇〇님 혜존"이라 썼던
그 책의 가치는 읽은 사람의 기억 속에만 있고
"받아 간직하여 주십시오(혜존)"라고 쓴 사람의 기
억은

기뻤다가 조바심 났고
무덤덤하다가
그야 그렇지 뭐,

무효 기간

언제부터 있었는지 모를 각종 영양 보조 식품들을
발견하고 확인하니 유효기간이 지난 것들이 대부분
이다

무효 기간이 시작된 물질들은 버려지기 전부터
이미 기한이 설정되어 있었다

워낙 좋다는 것이 많아서 잊고 안 먹고 있다가
날 잡아 마구잡이로 버리는 기쁨이 쏠쏠하지만

기간 재설정이 되지도 않는, 때를 놓친 사랑이여
이제부터라도 내 사유의 시간 연장 기회는 놓치고
싶지 않다

절필은 없다

자벌레가 배밀이로 조금 더 멀리 가려고 했고
지렁이는 마당을 가로지른 흔적을 남겼고
별들은 등불 켰다 끄기를 밝아질 때까지 반복했다

제 몸만큼 제 마음만큼 쓰다가 쉬었다가
다시 이 세상 원고지 위에 긁적이는 그 어느 존재들도
시詩를 다 쓰더라고 굳이 말하는 이는 없었다

멈추었으면 삶이 아니다
삶은 멈추지 않는다

비우면 보여

속이 비워져야 소라 껍질도 소리가 나요
대나무는 태어날 때부터 속이 비었어요
피리가 한때는 생명이었음에 놀라지 않아요

구석으로 버려지는 무수한 글
여행지에 동행도 못 하는 글을 쓰는 사람들은
비움과 비워짐 사이에서 갈등을 해요

먹구름 다 걷어내면 환한 하늘 있어요
당신만 있으면 나는 금방 환해지고요
그래서 당신을 비울 수 없어요

새처럼 뼛속을 비우고 비상飛上하는 것보다는
함께 길을 걷는 것을 택하려고요
비울 수 없는 것이 비움보다 소중할 때가 있네요

만년설 만년수

옥빛 호수에는
하얀 빙하를 쓴 검은 산이 거꾸로 서 있다

사라지면 나그네임을 산도 알 것이다
달도 그랬고 해도 그랬으므로

빙하가 만년도 더 되었을 거라는
나그네의 추정은 어렵지 않다

산은 붙박이로 거기 있어라
나그네는 다시 온다

작은 가슴 속
너무 벅찬 알프스 잔상

순환하는 환희의 눈물이
그때는 없었을라고,

수평에 쉬다

승강기에 25층, B1 층 위치 표시등이 켜진 새벽
늦은 귀가와 이른 출타를 한 사람들이 있음을 추측
하며
곤충도감 개미집 단면도에서 본 것과 대칭형 구조의
아파트를 비교해 본다.

지하에서 지면으로 나온 개미와 지상에서 지면으로
나온 사람들
서로의 만남이 쉽지 않은 겨울이지만
누구나 수평에 등을 댄 채 잠들거나 깨고
그 익숙함으로 세상은 평등하다고 생각하며 산다

그 아니 좋은가,
햇살이 평평하게 찾아오는 지상의 시간에
층마다 등을 펴고 쉴 수 있는 공간
수직의 이동에서 멈추어 볼 만한 수평이 있으니

아니 그런가,
생사 불문하고 수평은 등 뒤를 쫓아다니고
누군가의 등이 되려는 등나무가
제 등 비틀어가며 가는 그 너머 또 수평이 있으니

야간 라이더

밤중에 아이스아메리카노 생각나서
배달시키고 늦어져서 온갖 생각 다 났지

늑장 부리나,
오배송인가,
사고 났을까.
괜히 시켰나,

띵동 소리에
문을 열어보니 어린 소년, 콧등에 땀

다행이고 미안한 생각 하면서
휴지 한 장 건네주지 못하고 컵만 닦고 있다.

아득한 저 너머

LED 등으로 바뀐 밝은 방 안에서
호롱불, 백열등 진화 역사는 말하지 않아도 된다

밝음에 대한 진화가 종결된 빛이 불쑥 동굴 속에
　나타나면 부신 눈의 무리들은 출구를 향해 내달리
겠지

집중해야 하는 것은 때를 맞추는 것
은둔과 출세에 서두를 것도 주춤할 것도 아닌걸

척추 세우면 직립보행이 쉽고
무한 반복 자전과 공전에 순응하다 보면 여전히 나

어느새 인터넷 검색도 잘하고
배의 항해 원리 몰라도 크루즈 여행 잘도 하는데

한 발자국 안 움직이고도 나뭇잎 배에 앉은 개미처럼

저 건너편에 갈 수 있으니, 오늘도 가고 있는 나,

돌아보니 어디서 출발했는지 참 아득하다

명사名詞의 세월

대명사를 자주 사용하면
전두엽 이상으로 치매 전조

익혀온 이름을
이것, 저것, 그것으로만 부르며

명사名詞를 정확히 구분 못 하여
난감해진 명사名事여

원근도 뒤죽박죽
기억의 우물은 깊기만 하네

허멀건 웃음 속
겨우 찾아내는 슬픈 표정

세월을 돌아보면
대부분 그것 때문이었네

일상의 고요

물이 제 몸 바꾸어 가면서 순응한다는
말은 흙 앞에서 재평가받아야 한다

흙은 쩍쩍 제 몸 갈라져도
스스로를 위해 물 한 모금도 쓰지 않았고

뿌리랑 새싹이랑 뻗어 나가려고 하면
노잣돈처럼 물을 딸려 보내지 않았나,

억만년을 그저
제자리 찾기에만 열중한 흙은

주변이 평평해지자
더 이상 동요하지 않았다

주름잡다

알프스산맥도 태백산맥도 주름투성이다
사람들은 그 주름이 많이 벌어진 틈새에 살면서

이마의 얕은 주름을 상처인 듯 지우지만
그 흔적은 다 지울 수는 없다

까마득한 세월의 지각 융기와 침강
한 생애가 지나간 보이지 않는 서사敍事

그러고 보니
주름은 늘 가까이 있어 온 거다

주름이 부담스러우면 펼치면 되고
평지가 접히면 또 주름잡고 그렇게 살면 될 일이다

우리 아빠에게 이를 거야

아이에게 더 싼 장난감 권유하던 아빠를 밀치고
다른 꼬마가 엄마랑 와서 그걸 사 갔다

눈물범벅이 된 꼬마는
"가져가지 마, 우리 아빠에게 이를 거야"

소원대로 못한 어느 날 비싼 외제차 접촉 사고 낸
아빠가
쩔쩔매는 모습을 본 꼬마가
"아빠, 엄마에게 일러주자"

아빠는 해결할 수 있는 것이 거의 없다는 걸 안 꼬
마는
"아빠, 나중에 더 커지면 내가 해줄게"

아빠는 점점 말이 없어졌다

시선 너머

카멜레온이 화살처럼 쏘아 먹이를 잡는데
사용한 혀의 초속은 2,500미터

그 카멜레온 귀가 거의
들리지 않는다는 것도 함께 파악한 것은 사람이었다

두 개의 눈이 360도 자유자재 움직일 수 있으니
청력을 보완할 수 있을 것이라는 추론도 해 보면서

메뚜기도 눈꺼풀이 없어 뜬눈으로 사는
같은 입장인데 눈 깜박할 사이에 먹이가 되고

물고기는 카멜레온도 없는데 또 왜 뜬눈으로 사는지
수족관을 노려보면서

혀를 함부로 휘두르지 않아야 사람이 받을 수 있는
혜택이
몇 가지 더 있음을 시선을 돌리며 알게 되었다

반사이익

모내기하기 위해 논에 가두어 둔 물이
땅을 고루 적셔주고 거울을 만들었네

하늘 향하고 있는 반사경에
태양은 그 논을 좌시하지 않겠네

고동, 올챙이 함께 기르고 왜가리 놀게 하리니
벼만 심어주라,

거울 하나만 반지르르해도
득 보는 무리가 많아, 미리 흥이 나네

5부

텃밭 원고지

내부의 적들

혈압이라는 녀석이
혈관을 부여잡고 약 달라고
풍선처럼 좁혔다가 넓혔다가

당뇨라는 놈은
혈액 속의 당을 가지고
늘였다가 줄였다가

콜레스테롤이라는 놈은
혈관 벽에다 찌꺼기로 관을 막으려는
나쁜 놈, 그걸 저지하는 좋은 놈, 두 놈 잘도 놀고

신경이라는 놈은 단백질을 통하여
온도도 감지하고 고통도 전달하며
아드레날린 만나면 지극히 공손하고

기라는 놈은

관도 선 하나도 없으면서
사람을 혼절시키기도 하고 팔팔하게도 하고

어느 것 하나 소홀하면
간질을 하니
사람이 기가 차고 맥이 빠지니

오냐,
네 놈들 지칠 때까지
땀이 나도록 내가 안 나부대나 봐라

시비詩碑 시비是非

살아생전 시비詩碑 하나 세워두면
비석碑石은 없어도 되겠는데

시 한 편만 잘 쓰면
시비 따윈 없어도 되겠는데

이렇게 없어도 되는 것이 없으니까
자꾸만 밤은 깊어가네

오늘도 써 놓은 이것이
시가 되기나 한지 되돌아보네

시비詩碑 하나도 없으면서
시비是非꺼리를 또 만들어 보네

그림자와의 거리

거울 속을 바라보고 있는
내가 너라면 얼마나 좋을까

이름 부르며 숨을 내쉬니
바로 눈앞에서 사라지네

내가 너라면 멍하니 손가락으로
안개를 걷어낼 필요도 없지

내가 너일 수만 있다면
언제나 시공時空을 초월한 만남

발아래에 붙어 다닌들 어떠리
이음새 하나도 없는 긴긴 생각,

하나만으로

이 세상 온 날과 떠난 날의 증명서
둘 다 있으면 그는 더 할 일이 없네

하나만 가졌을 때 빈부가 있네
사랑도 하나만 가졌을 때 할 수가 있네

희로애락도 달랑 두 장 사이에
노老와 병病도 생生과 사死 사이에 있으므로

첫 장 하나 받으면 행복해야 한다는
하나 마나 한 이야기해 놓고 웃네

꿈의 꿈

어머니를 소재로 쓴 시가 많다는 소리를 듣고
아버지 시를 썼더니 부모님 시가 되었습니다

고향에 대한 시가 많다고 해서 타향에 대해 썼더니
고향이 더 가까워졌습니다

친구가 그리워 꽃 시를 썼더니
정원도 가득 찹니다

나는 무리 속에 있습니다
꿈이 좋아 이어서 또 꿉니다

꿈이 꿈을 이어가니 아무래도
봄이 다시 오나 봅니다

이슬

풀잎과 풀잎 사이의 거미줄에
영롱한 이슬이 맺혀있네

바람만 불어도 이내 떨어질 목숨들
한순간이 눈부시네

무엇을 잡고 허우적거리다가 떠나는가
눈 껌벅할 새에 끝나는 생

그 거룩한 승천을 위하여
아침 햇살이 반짝이네

광대한 우주 속으로
자취도 없이 사라지는 한 점

등신等神들

신 행세하는 그들의 지령에
신도 아닌 그들은 판결 내리고

또 다른 무리가 득세하여 신 행세하면
알아서 심판하는 신도 아닌 그들

똑같은 냉수를 보고 다르게 말을 하니
먼저 벌 받은 그 무리들만 가련하여라

공경하고 싶지도 않은 참 하찮은
신 같지도 않은 등신等神들

그 물이나 한번
쓴지 단지 마셔 보시지

'아니'가 아니라

어버이의 은혜를 갚는 것을 안 갚음
이를 받는 것을 안 받음

알듯 말 듯 어려운 것이
'아니'라는 부사에 익숙함 때문인데

'안'이 마음이라는 뜻으로 받아들이니
답이 절로 나오네

부모님 은혜는 안 갚음해야 도리이고
남에게 진 빚을 안 갚음하면 벌이 따르게 마련

저 봐라,
아니가 아니라니까 금방 앙갚음하려고 하네

그래 안 갚음도 하지 마라
벌써 이 세상 안 계신 그분들이니

안 받음도 안 하시겠지
거짓말 아니라니까

뼈가 있는 말

살로 뼈를 보호해 주는 사람
뼈로 살을 지키는 가재
뼈도 없어 가죽으로 몸을 지탱하는 지렁이

그 무엇이라도
뼈의 형상에 몸을 맡기고 있어
뼈를 사랑하지 않는 무지렁이는 없어

탈골이 되어도 지켜온 명예
내력벽 같아서
함부로 할 수 없지

목에 걸린 가시 그게
남의 뼈 아닌가,

사람을 찾아서

수억 광년 밖 외계인이 시공간을 접은 지름길로 그 어느 조상이 지구별에서 수집했다는 사람이라는 DNA 표본을 들고 와서 샘플 채취를 합니다. 꽃 원숭이 도마뱀 고래 다 유사하여 고민하다가 정말 사람 표본을 찾았는데 당시의 그 사람은 아님을 발견합니다. X와 Y가 다른 것이었지요. 또 다른 표본을 찾았는데 실체의 크기도 다르고 색상도 달라서 고민을 하다가 눈 귀 콧구멍 입이 있으면 그냥 사람과 같은 생명으로 분류하기로 했습니다. 지구에는 다양한 사람 표본이 존재한다는 것만 기록하고 다시 우주로 날아가다가 보니까 지구별은 파란 덩어리였고 우주에서 참 흔한 광물질이었습니다. 저기에 사람 표본들은 왜 그렇게 많고 제각기 다른 모습이면서도 함께 어울려 사는지 곰곰 생각하며 날아갔습니다.

소리를 좇다가

불같은 해의 소리 창백한 달의 소리
새록새록 별의 소리가 모여 내는 우주 공간의 소리
쓰쓰~쓰 윙~윙 쿠우쿠 쿵 우우웅 @#$%* 쏴쏴

파도 소리 바람 소리 아이 부르는 소리
어버이 보내는 소리는 아예 들리지도 않고
어느 것이 지구별 소리인지도 모를

천상에 다 모인 소리가
은하계도 너머 너머 수십억 광년 가는 길
평생의 소리도 찰나의 소리로 압축되어

가고 있는 거기로
하루살이, 학, 은행나무도 부여받은 시간에
제 목소리 풀어내며 따라가네요

길어봐야 아예 한마디도 안 한 것 같으니

귀가 있을 때 미리 들어보는 광년의 음악
희열 넘친 득음의 세계라서

TV 다큐멘터리에서 방영하는
우주의 소리를 끄고 아무 말 않고
오늘은 깊이 잠이나 자려고요

물 한 잔의 춤

베란다 작은 그릇에 둔 고구마 한 덩이
볼 때마다 창가에서 담쟁이 춤을 추더니

요 며칠 못 본 사이
이파리 몇이
노랗게 시들고 있다

그릇 속엔 고구마를 뚫고 나온
털복숭이 실뿌리들만 한가득

모두 물을 찾아 나선 것이었다

물 한 컵 부어 주니 금방
팽팽해지는 이파리들 간들간들

담쟁이 춤이 살아나고 있다

텃밭 원고지

열 평 텃밭에 가로세로 줄 잇고
여남은 종류 작물 심어 가꾸기에 행복하다는 친구

부추 상추 대파는 지면 가까이에
고추 가지 옥수수는 그 위에
여주 오이는 그 위에 줄타기
호박은 무거우면 땅으로 내려오고
땅콩은 땅속에다 열매를 키우도록 해주면

공간을 서로 양보하면서도
잘 자라는 지혜를 배운다 하니까

원고지에 글자 심어
솎아주고 옮겨주고 뜻 덧붙이며 손질해 보니

텃밭 같은 원고지 가꾸기가
바로 그 맛, 농심農心이네,

은행나무와 효경 孝經

소년기 연두 장년기 초록 노년기 노랑
공자도 안 읽은 은행잎이 생의 순서를 알지

늦가을 은행나무 아래 노랑보다 초록이 더 많이 쌓인
은행 이파리 무덤, 지나다가 마음이 경건해 잠시 묵념

기온이 낮아 냉기가 나무로 전하지 못하도록
스스로 단풍이 되어 떨어지네

급격한 기온 강하를 미처 대비하지 못한
아직 청춘인 푸른 잎이 스스로 가지에서 뛰어내린 것

기둥 나무가 살도록 선택한 거룩함이니
은행나무도 효경을 알고 있었네,

교문 앞에 서서 귀를 열어 팔랑팔랑
배운 거 갚느라 은행을 그리 달고

유사와 상이

들숨 날숨 쉬는 것
애는 어른이 되고 어른은 애가 되는 것이
애나 어른이나 똑같아

어린 것은 더 자라야 하고
어른은 멈출 줄 알아야 하는데
'어린'과 '어른' 모음 하나로 큰 차이

세울 것은 세우고 눕힐 것은 눕히고
애는 애다워야 하고
어른은 어른다워야 할 때가 늘 있지

내가 네가 되고
네가 내가 되더라도
다른 것은 엄연히 다르지 뭘,

솥뚜껑

한 번 열리면
보호하던 그 속이 쏟아져 다 날아가도
속수무책인 병뚜껑, 임무 끝

한 겹 아래 코르크 마개도
찢겨지거나 뚫리거나 하면
녹슨 철모에 총알 지나간 자국처럼, 상황 끝

하나 부엌에서 가둔 것 삶고 졸이고 고아
입으로 들어가 소화가 잘되도록 돕던
무쇠 솥뚜껑은

떠나지도 못하고 쉬었다 되돌아와
다시 솥 위에 앉아 부엌 신전을 지킨다던
어머니 말씀 귀 세워 듣는다

사유의 힘으로 빚어낸 긍정의 언어

황 정 산(시인 · 문학평론가)

1. 들어가며

조승래 시인의 시들을 읽으면 먼저 떠오르는 생각
이 '깊이'와 '넉넉함'이다. 그의 시들은 우리를 무한한
사유의 공간으로 안내하여 안온한 긍정의 세계에 안
착하도록 인도한다. 요설로 난삽해진 언어와 신경증
인 예민한 감각만으로 우리의 눈과 마음을 피곤하게
하는 최근 시들을 읽다 조승래의 시들을 읽는 순간 사
유의 깊이에서 오는 평안한 안정감이 이 모든 피로를
씻어준다. 그는 삶을 깊이 들여다보는 또 하나의 눈을
더 가지고 있는 것 같다. 특히, 일상에서 출발하여 인
간 존재와 시간, 언어, 관계의 본질에까지 도달하는
그의 시편들은 읽는 사람으로 하여금 고요한 사유의

강을 건너게 한다. 그렇다고 그의 시가 추상적이거나 사변적이라는 것은 아니다. 조승래 시인은 일상의 순간을 포착하여 그 안에 내재하는 진실을 들여다보는 예리한 눈을 가지고 있다. 이 깊은 시선과 오랜 삶의 연륜은 겉으로 보이는 피상적 세계를 삶의 내면을 바라보는 사유의 세계로 확장한다. 한 마디로 조승래 시인은 사물에 대한 구체적 감각 경험을 깊은 철학적 깨달음으로 심화시킬 줄 아는 시인이다. 그의 눈과 입을 통하면 모든 일상의 사물은 시적 언어로 변화되고 그것은 사유의 재료가 되어 삶의 경구로 재탄생한다. 이 글은 '사유의 깊이'라는 관점에서 어떻게 조승래 시인의 시편들이 일상을 철학으로, 감각을 존재론으로 전환하는지를 탐색하고자 한다.

2. 사유의 힘과 감각의 언어

조승래 시인은 사물의 내면을 바라보는 특별한 눈을 가졌다. 이 눈으로 바라보는 사물은 일상을 벗어나 사유의 세계로 들어가 다른 존재가 된다. '목검' '영양보조 식품' '커피' '텃밭'과 같은 일상적 소재는 시인의 손과 입을 거치며 사유의 언어로 재탄생한다. 가령 다음과 같은 시를 살펴보자.

> 3백 년 넘은 올리브 나무를 깎아 만든
> 목검이 진열대 위에 누워있다
>
> 스페인에서 살다가 죽었다가
> 한국에까지 와서 살아있다
>
> 말을 걸어도 아무런 대답도 안 하므로
> 네가 아직 죽지 않았음을 안다
>
> 내가 백 살 정도는 되어서
> 네 흉내를 내며 입을 다물면
>
> 내 귀도 열리어
> 말이 부질없어 침묵했다는
>
> 그 소리가 들릴 것이다
> 나잇값을 치르고 난 뒤쯤에는
>
> – 「나잇값」 전문

시인은 자신이 소중하게 간직한 목검을 통해, 침묵이 지혜로 승화되는 과정을 그려내고 있다. 세월을 견디며 살아온 올리브나무 목검은 침묵 속에서 자신의 존재 가치를 드러낸다. 목검의 기품있는 외양에 서려 있는 그것의 강도와 무게감은 구태여 그 목검을 휘둘러 보지 않아도 우리는 짐작할 수 있다. 이렇듯 말없이 놓여 있는 오래된 목검은 한 존재의 사멸을 보여주는 것이 아니라 오히려 그것이 가진 생의 깊이를 드러낸다. 이 침묵을 아는 것이 "나잇값"이라고 시인은 말하고 있다. 말은 자신을 드러내기 위해 대개 사용된다. 젊은 시절에는 자신의 존재를 알리기 위하여 자신의 주장을 사람들에게 강변하기 위해 말을 하며 살아왔다. 이렇게 말하는 동안 우리는 자신의 귀를 닫는다. 하지만 입을 닫고 말을 멈추는 순간 우리의 귀는 열리게 된다. 그리고 그 귀가 열릴 때 우리가 얼마나 불필요한 말을 많이 하고 살았는지 깨닫게 된다. 말은 자신을 표현하는 것이 아니라 끊임없이 자신을 지우는 것임에 반해, 침묵은 존재를 존재로 살아 있게 하는 것이라고 시인은 생각한다. "말을 걸어도 아무런 대답도 안 하므로/ 네가 아직 죽지 않았음을 안다"라는 두 행이 바로 이런 생각에 도달하게 하는 빛나는 구절이다.

　다음 시는 좀 더 재미있는 방식으로 일상을 바라보고 있다.

언제부터 있었는지 모를 각종 영양 보조 식품들을
발견하고 확인하니 유효기간이 지난 것들이 대부분이다

무효 기간이 시작된 물질들은 버려지기 전부터
이미 기한이 설정되어 있었다

워낙 좋다는 것이 많아서 잊고 안 먹고 있다가
날 잡아 마구잡이로 버리는 기쁨이 쏠쏠하지만

기간 재설정이 되지도 않는, 때를 놓친 사랑이여
이제부터라도 내 사유의 시간 연장 기회는 놓치고 싶지
않다

　　　　　　　　　　　　　　　　　　－「무효 기간」 전문

　이 시는 '건강 보조 식품'이라는 일상적 사물을 사유
의 마중물로 사용하고 있다. '유효기간'이라는 지극히
일상적인 단어를 비틀어 '무효 기간'이라는 새로운 단
어를 만들어서 특별한 시적 효과를 내는 재밌는 작품
이다. 이 단어 하나만으로도 이 시는 시안을 획득했다
고 말할 수 있다. 이 유효기간이 있어 우리는 소비의
즐거움과 더 많은 소비를 위한 "마구잡이로 버리는 기
쁨"을 구가하며 살고 있다. 하지만 이 유효기간이 우
리의 삶을 부박한 것으로 만들고 만다. 모든 것들이
버려질 운명을 가진 세상은 시간의 깊이도 삶의 무게

도 다 소용없는 것이기 때문이다. 이러한 세상에서는 사랑이나 삶도 보조식품처럼 유효기간이 있을 것이다. 시인은 "무효 기간"이라는 말을 통해 이 유효기간에 저항하고 있다. "때를 놓친 사랑"을 기억하듯 사유하는 시인의 노력만은 절대 유효기간을 산정하지 않겠다고 시인은 자신의 의지를 강력히 피력한다. 이때 유효기간은 "무효 기간"이 된다. 이렇게 시유가 계속되는 한 사랑도 삶도 시인이 추구하는 시의 세계도 결코 시간의 노예가 되지 않을 것이라는 시인의 결연한 자세가 돋보인다.

다음 시는 좀 더 감각적 언어를 통해 사유에 도달한다.

속까지 까맣게 태워 낸 불맛을 뜨겁게 내린 커피
잔 속에서 얼음조각을 만나 벌인 타협,
흑갈색 고집이 차가운 투명과 악수하며 만났지만

점차 커피는 연갈색으로 얼음은 빙하의 꿈을 버리며
시간의 얼굴을 씻고 있었어
아메리카노, 아이스의 불맛은 시원하지

찻잔의 바깥에는
시간이 남긴 것으로 보이는

진땀이 차갑게 송송 슬고 있었어

– 「불의 맛」 전문

  커피에서 불맛을 느끼는 시인의 예리한 감각이 돋
보이는 작품이다. 시인의 예민한 감각은 이미 볶아져
한 잔의 액체로 변하고 더욱이 "얼음조각"이 채워진
아이스 아메리카노 커피 안에 스며있는 불꽃의 맛을
감지해 내고 있다. 시인은 커피의 이 불맛과 얼음이
섞이는 장면을 통해 뜨거움과 차가움의 감각을 체현
하게 하고 고집과 타협이라는 인간관계의 중요한 지
점을 생각하게 만든다. 그런데 이 시에서 가장 빛나는
대목은 그러한 관계의 긴장감을 "진땀이 차갑게 송송
슬고 있"는 커피가 담기 유리잔의 모습을 감각적으로
묘사하여 생생하게 그려내고 있다는 점에서 찾을 수
있다. 우리는 모두 긴장 속에서 일상의 삶을 영위하며
살고 있다. 그런데 그 긴장은 대개 사람과 사람 사이
에서 발생한다. 사업을 하거나 물건을 파는 영업을 하
거나 생산이나 유통 라인에 배속돼 작업을 하더라도
다른 사람과의 관계에서 이 모든 일들이 이루어진다.
그리고 그 관계가 긴장을 만든다. 불맛과 얼음 사이에
서 "진땀을 차갑게 송송 슬고" 있는 유리잔처럼 우리
도 고집과 타협의 긴장 속에서 진땀 흘리는 삶을 살아

가고 있다는 것이다. 감각적인 언어로 일상 사물을 그려내면서 조화와 타협이라는 삶의 이치를 생각하게 하는 통찰력의 시이다.

조승래 시인의 많은 시들에서 시인의 시선은 내면으로 향해 있다. 시인은 이 내면의 시선을 통해 끊임없이 자신을 돌아본다.

또 하늘을 오래 보았습니다
파란 허공 아래 구름이 떠다니고
마른 잎이 날다가 착륙하며
그 틈새로 잠자리들이 피해 다닙니다

만 개의 카메라로도 다 찍을 수 없는
넓이와 높이의 하늘에
가득 찬 얼굴이 있습니다
저세상으로 가신 어머니의 얼굴입니다

젖은 눈으로 보아야 잘 보이지만
초점이 잘 안 잡혀서
손수건으로 눈 비비기를 수십 년,
참 오래된 하늘보기 습관입니다
— 「오래된 버릇」 전문

이 시는 상실과 기억의 층위를 더듬는다. 시인은 하

늘을 올려다보는 것으로 어머니를 추모한다. 아마도 돌아가신 어머니가 그곳에 계신다고 생각했기 때문이다. 이때 하늘을 올려다보는 것은 어머니를 기억하는 방식이다. 그런데 이 그리움이 반복되어 일상적인 습관이 되면 그것은 매너리즘에 빠지게 되고 추모의 염은 습관 속에서 희미해질 수밖에 없다. 우리는 보이지 않는 것을 상상하고 추구하고 추모하는 행위를 습관적으로 하고 만다. 일주일에 한 번 교회 가는 것만으로 예수님의 가르침을 대신하고, 일 년에 한 번 제사 지내는 것으로 조상의 은혜를 더는 고마워하지 않는다. 시인은 특별한 의식을 통해 이런 내용 없는 관습적 행위를 벗어나고자 한다. 그것은 하늘 보기이다. 시인이 "초점이 잘 안 잡혀" 희미해진 눈을 손수건으로 비벼서라도 하늘을 분명히 보고자 한다. 이는 이 애도의 의식 속에 깃든 진실한 마음을 생생하게 간직하고 싶어서이다. 그래서 시인은 이 생생하게 그려진 하늘의 모습을 감각적 언어로 마음속에 단단히 새겨 넣는다. 이 시의 1연에서 어머니가 그리워 쳐다본 하늘에 있는 구름과 잠자리의 모습을 구태여 강조하여 보여주는 이유는 바로 여기에 있다.

　다음 시는 언어가 흐려지며 정체성과 기억까지 흔들리는 노년의 풍경을 통해 시인 자신의 내면을 보여

준다.

> 대명사를 자주 사용하면
> 전두엽 이상으로 치매 전조
>
> 익혀온 이름을
> 이것, 저것, 그것으로만 부르며
>
> 명사名词를 정확히 구분 못 하여
> 난감해진 명사名事여
>
> 원근도 뒤죽박죽
> 기억의 우물은 깊기만 하네
>
> 허멀건 웃음 속
> 겨우 찾아내는 슬픈 표정
>
> 세월을 돌아보면
> 대부분 그것 때문이었네
>
> ─「명사名詞의 세월」전문

치매의 전조로 나타나는 대명사 남용은 언어적 인식의 쇠퇴이자, 기억의 왜곡을 상징한다. 명사들이 뒤죽박죽되어 그 자체의 정체성을 상실하고 대명사로

뭉뚱그려진다는 것은 세상에 대한 변별력과 판단력을 상실한다는 것을 의미한다. 치매 환자는 이 모든 것을 잃어버리고 "허멀건 웃음 속" "슬픈 표정"으로 남는다. 그런데 이 모든 것은 따지고 보면 다 명사 때문이라는 것이다. 이 명사들 때문에 우리는 웃음과 슬픔을 느끼며 오직 그것의 힘으로 한 생을 버티고 살아왔다는 것이다. 나이가 들어 이름을 까먹고 대명사로 호칭하는 것은 이생의 끈들을 서서히 지우는 과정임을 시인은 느끼고 있다. 그러면서 시인은 '명사'라는 말을 세 가지의 표기로 변용한다. 명사는 뛰어난 시구名词이기도 하고 유명한 인물名事이 되기도 한다. 명사가 말이 되고 노래가 되기도 하고 그것으로 이름을 날리는 유명 인사가 되기도 하지만 결국은 이 모든 명사는 다 소진될 운명이라는 것을 시인은 직감하고 있다. 기실 따지고 보면 우리의 삶은 모두 이 명사들의 세월이다. 사람을 만나고 자신의 이름과 직책을 갖고 사회적 명예를 얻는 것, 이 모두 이 명사를 찾는 삶의 여정이다. 하지만 이 모든 명사가 나이가 들고 치매가 걸려 대명사로 환원될 때 우리의 삶 역시 무로 환원되고 만다는 것이 시인의 생각이다. 시인이 가진 무위의 삶의 태도와 사유가 잘 드러난 작품이다.

거울 속을 바라보고 있는
내가 너라면 얼마나 좋을까

이름 부르며 숨을 내쉬니
바로 눈앞에서 사라지네

내가 너라면 멍하니 손가락으로
안개를 걷어낼 필요도 없지

내가 너일 수만 있다면
언제나 시공時空을 초월한 만남

발아래에 붙어 다닌들 어떠리
이음새 하나도 없는 긴긴 생각,

-「그림자와의 거리」 전문

시인은 자신과의 거리, 존재의 이중성을 거울과 그
림자를 통해 성찰하고 있다. 시인은 "내가 너일 수만
있다면"이라고 말하며 자아와 자신의 그림자 사이에
서 자기 정체성을 탐색한다. 우리는 자신을 보기 위해
거울을 보지만 거울에 비친 나는 진정한 내가 아니다.
시인은 이 거울에 비친 나를 보면서 이상적인 자아와
현실 사이의 거리감을 생각한다. 그래서 차라리 그림
자를 바라본다. 내가 상정하는 나의 이상적 모습은 항

상 내 발밑에서 나와의 거리를 두고 따라다니는 그림자 같은 존재여서 나와 하나가 될 수는 없지만, 그 존재가 있어 나는 끝없이 나를 되돌아보고, 시공을 초월한 대화를 통해 나를 발전시킬 수 있다고 시인은 생각한다. 시인의 이런 노력은 "이음새 하나도 없는 긴 긴 생각"이라는 구절에 잘 나타나 있다. 내면의 나와 겉으로 드러난 나 사이의 거리를 좁히려는 이 끊임없는 노력은 단순한 자아 발견을 넘어, 존재의 의미를 끊임없이 되묻으려는 철학적 자세가 아닌가 한다. 어쩌면 시 쓰기도 이 그림자 찾기가 아닌가 생각해 볼 수 있다. 나의 모습을 볼 수 없지만 나를 끝없이 쫓아다니는 나 아닌 나와의 끊임없는 거리 좁히기가 바로 시인에게는 시를 통해 혼자 말하기가 아닌가 한다.

3. 긍정의 세계관과 수평의 상상력

조승래 시인의 시들에서 보이는 가장 큰 특징은 삶에 대한 든든한 긍정적 자세이다. 시인은 이 긍정의 언어를 통해 강퍅한 세상을 견디고 타인의 삶을 넉넉한 마음으로 받아들이고 있다. 이런 긍정적 세계관은 그의 시에 등장하는 시간에 대한 관념 속에서 잘 확인

된다. 그의 시들에서 시간은 늘 중요한 배경이자 화두
이다. 가령 다음 시를 보자.

> 사방천지 이어진 철로 위
> 종착역에 가 보면 역은 또 있고
>
> 고향역 저만치 두고도
> 역마살 무거워 갈 수가 없네
>
> 내 배역配役은 아직도 진행형
> 어느 간이역도 세울 수 없네
>
> −「진행형」전문

　기차역을 통해 시간의 흐름을 비유적으로 형상화한
작품이다. 이 시에는 우리네 삶은 계속되는 여정이며,
종착점은 또 다른 시작이라는 인식이 담겨 있다. 시인
역시 고향을 그리워하지만 머물 수 없는 존재로서,
'역마살'이라는 운명을 타고난 자로 등장한다. 이 시에
는 그런 시인의 내면 모습이 잘 드러나 있다. "어느 간
이역도 세울 수 없네"라는 한탄은 머물 수 없어 안식
할 수 없다는 자조이기도 하지만 아직은 시인이라는
자신의 길을 가고 있다는 자신감의 표현이기도 하다.
"진행형"이라는 제목을 이를 잘 대변해 준다. 아직 끝

나지 않는 시간을 그대로 받아들이며 그것으로 무거운 역마살의 삶을 받아들이고 있다. 고향을 지척에 두고 시인은 왜 가지 못하는 것일까? 시인에게는 안주보다는 정처 없는 유랑이 더 중요하기 때문이다. 비록 머물 곳 없는 피곤한 삶이기는 하지만 여전히 "진행형"으로 살 가치가 있음을 인정하는 긍정적인 인생관이 이 시에 잘 나타나 있다.

> 고성능 컴퓨터보다 더 빠르게
> 두뇌가 정답을 계산해 내다가도
>
> 긴 세월 걸려서 풀어내는 주제: 원한과 오해
>
> 한순간 봄눈처럼 녹기도 하고
> 거대한 빙하처럼 한세월 걸리기도 하는
> 그 문제의 연산을 돕는 용서와 이해,
> 거기에 사랑을 투입하면 바로 정답이 나온다
>
> 반성하고 감사를 하면
> 주관식 문제에도 오류는 없다
>
> — 「오래 걸리는 계산」 전문

이 시에는 오랜 시간이나 긴 세월을 생각하면 인간 사이에 부정적 요소는 사소한 오류에 불과하다는 시인의 생각이 깔려 있다. 원한과 오해처럼 인간 감정의 깊은 연산은 빠른 기계보다 오히려 '시간'에 의해 풀린다는 것이다. 여기에서 시간은 단순한 흐름이 아니라, 이해와 용서, 사랑이라는 인간 본성의 성장을 돕는 중요한 요소가 된다. 기계의 오류처럼 우리도 삶에서 오류를 경험한다. 아니 어쩌면 오해하고 원한을 가지고 그것 때문에 갈등하고 싸우는 우리의 삶은 어쩌면 전체가 오류일지도 모른다. 하지만 이런 오류도 시간에 따라 대부분 해결된다. 그 긴 시간을 통해 얻은 대답이 "용서와 이해"라는 명쾌한 정답이다. 어찌 보면 뻔한 정답을 얻기 위해 시인은 "오래 걸리는 계산"을 해온 셈이다. 시인은 독자들에게 이 긴 시간의 흐름을 보여줌으로써 "용서와 이해"라는 다소 평범한 단어에 사유의 깊이라는 두께를 만들어 준다. 용서와 이해가 쉽게 나오는 것이 아니라 아주 오랜 시간을 거쳐 이루어진 너무도 중요한 삶의 덕목임을 시인은 우리에게 강조하고 있다. 이렇듯 시간을 생각할 때 세상을 긍정적으로 바라보지 않을 수 없게 된다. 시인의 넉넉한 긍정적 시간관이 잘 나타난 작품이다.

조승래 시인의 긍정적 세계관은 공존에 대한 사유에서 더욱 빛을 발하고 있다.

넝쿨손 마음대로 뻗을 수 있는
수박 호박 오이도

제 몸 갈라서 싹을 나눈 감자 고구마도
다산의 습성 대를 잇는데

마늘은 귀하게 키운다고 한쪽씩
싸서 키웠으니 기껏해야 6쪽 자손이지요

옥수수 좀 보라니까요
몇 겹의 이불 속에 쌓여 자랐지만

형제들 서로 살붙이며 자랐으니
씨알 홀로 흩어져도 금방 대가족 이루며 살지요
― 「다산의 습성」 전문

시인은 작물의 번식 방식에서 삶의 지혜와 생명의
다양성을 읽어내고 있다. 모든 생명은 저마다 다른 방
식으로 증식하고 종족을 이어간다. 그러면서 그 안에
서 절제, 연대, 다양성을 키우고 있다. 이 시에서 시인
은 수박, 호박, 옥수수의 생장 방식을 관찰하여 생명
의 번식과 다양성, 조화로움을 발견하고, 이를 인간의
사회적 삶과 연결 지어 해석한다. 우리는 절대 혼자는
살 수 없다는 것이다. 함께 형제가 되어 가족을 이루

고 살 때만이 생명을 이어갈 수 있고 존재로서의 정체성을 확립할 수 있다고 말하고 있다. 그런데 우리는 가끔 이런 진실을 잊고 산다. 자신을 형성하고 있는 것이 바로 자신의 주변에 있는 타인들이라는 사실을 망각한다. 이 시는 이런 우리의 의식을 일깨워 공존의 가치를 경구처럼 들려준다. 조승래 시인의 넉넉한 긍정의 정신은 이 공존의 가치관에 기초하고 있다고 해도 틀린 말은 아니다.

　다음 시는 이 공존의 정신을 수평적 이미지로 다시 확인시키고 있다.

　　승강기에 25층, B1층 위치 표시등이 켜진 새벽
　　늦은 귀가와 이른 출타를 한 사람들이 있음을 추측하며
　　곤충도감 개미집 단면도에서 본 것과 대칭형 구조의
　　아파트를 비교해 본다.

　　지하에서 지면으로 나온 개미와 지상에서 지면으로 나온
　　사람들
　　서로의 만남이 쉽지 않은 겨울이지만
　　누구나 수평에 등을 댄 채 잠들거나 깨고
　　그 익숙함으로 세상은 평등하다고 생각하며 산다

　　그 아니 좋은가,
　　햇살이 평평하게 찾아오는 지상의 시간에

층마다 등을 펴고 쉴 수 있는 공간
수직의 이동에서 멈추어 볼 만한 수평이 있으니

아니 그런가,
생사 불문하고 수평은 등 뒤를 쫓아다니고
누군가의 등이 되려는 등나무가
제 등 비틀어가며 가는 그 너머 또 수평이 있으니
– 「수평에 쉬다」 전문

  우리는 수직의 상승을 꿈꾸며 산다. 출세하고 권력
을 획득해 높은 위치에 올라서고 아파트나 빌딩도 높
게 지어야 성공이고 발전이라고 생각한다. 그 높은 수
직의 아파트 공간에서 편리하고 부유한 삶을 꿈꾼다.
그래서 경쟁을 하고 남을 누르며 밟아서야 한다. 이
수직적 사고가 우리를 불행하게 하고 우리 모두를 갈
등 구조에 몰아넣는다. 하지만 시인은 생각한다. 아파
트나 개미집이나 모두 삶의 공간이나 쉼의 공간은 다
수평이라는 것이다. 수평의 공간에서 쉬기 위해 우리
는 살고 있고, "등 비틀어가며" 자라도 결국은 수평을
유지하여 누군가의 등이 되는 등나무처럼 살아가는 삶
이 가장 행복한 삶임을 시인은 역설하고 있다. 인생은
수직적으로 움직이지만 종국은 모두 수평에서 쉰다는
인생의 평등함을 받아들이는 긍정적 세계관을 이 시에

서 엿볼 수 있다. 결국, 이 수평은 영원한 쉼이라는 죽음마저 의연하게 받아들이는 자세이기도 하다.

300개로 구성된 아기의 뼈는
나이가 들면서 200개로 줄어든다

통뼈를 자랑하면서 허공에
주먹을 휘두르던 아기도 아닌 그가

유년 시절을 회상한다
그때는 털어버리면 되었던 희로애락

지금은 무거워 자빠지려 한다
굳어도 너무 굳었다

—「뼈가 굳다」

이 시는 육체의 변화와 소멸을 통해 삶의 유한함을 되새긴다. 나이 들어 자주 넘어지는 것은 노화로 인해 뼈가 굳었기 때문이라고 시인은 말한다. 하지만 이 노화와 죽음, 그 앞에 선 인간의 무력함은 슬픔이 아니라 통찰로 전환된다. 유년 시절의 "털어버리면 되었던 희로애락"이 쌓이고 굳어서 결국 인간을 "무거워 자빠지려 한" 존재로 만들었다는 것이다. 노화 앞에서도 의연하게 자빠지지 않으려면 어찌해야 할까? 그것은 유연해지는 것이다. 희로애락에 휘둘리지 않고 넉넉한 마음으로 받아들일 때 마음의 유연함이 찾아오리라는 것이 시인의 믿음이다. 그러기 위해서는 사유를 멈추지 않아야 한다. 그것만이 인간으로서 시인으로서 존재하는 마지막 징표가 아닌가 한다.

4. 맺으며

이 시집의 시들은 모두 하나의 공통된 믿음 위에서 서 있다. 그것은 "사유하는 삶이야말로 살아 있는 삶"이라는 깨달음이다. 시인이 다루는 사물, 감정, 관계, 시간, 언어 모두가 삶을 다시 생각하게 만드는 재료이며 또한 화두이기도 하다. 시인은 이 모두를 통해 독자에게 '깊이 있는 삶' 즉 사유하는 삶을 살기를 권유한다. 어쩌면 조승래 시인에게 시를 쓴다는 행위는 곧 '삶을 사유한다'는 말과 다르지 않을 것이다. 다음 시가 이를 잘 말해 준다.

제 몸만큼 제 마음만큼 쓰다가 쉬었다가
다시 이 세상 원고지 위에 긁적이는 그 어느 존재들도
시詩를 다 쓰더라고 굳이 말하는 이는 없었다

멈추었으면 삶이 아니다
삶은 멈추지 않는다

-「절필은 없다」부분

삶이 계속되는 한 절필은 없다. 시인에게 시는 삶의 이유이고 삶 자체이기도 하다. 자연의 미물도 끊임없이 흔적을 남기는 것처럼, 삶은 멈출 수 없고 글도 멈출 수 없다. 시인은 존재의 흔적을 남기며 계속해서 '삶의 시'를 써 가고자 한다. 그 아름다운 여정을 우리는 이 시집에서 확인할 수 있다. 그리고 생생한 시인의 육성을 마음속으로 듣는다. "쓰지 않으면 삶이 아니다."

황금알 시인선